HEISEI ni umaret

平成に生まれた最高の一句

saikounoikk

川柳マガジン編集部編

Senryu Magazine

新葉館出版

平成に生まれた最高の一句

目次

●平成に生まれた最高の一句

平成に生まれた最高の一句

北海道編

Heisei ni
umareta
Saikou no Ikku

Hokkaido

人生は再演なしの初舞台
東　考矢（北海道）

フクシマから来たとクラスへ言い出せず
飯田　活魚（北海道）

脇役の重さ起重機うなりだす
磯松きよし（北海道）

見送りを求めぬ母の広い海
今村くに子（北海道）

意味深い高齢社会問う陛下

大山登美子（北海道）

凛として生きるひと日の風を抱く

岡　嘉彦（北海道）

伸びきったゴム一本が僕である

香西富士夫（北海道）

みずうみの底ひにひかり裏返す

河野　潤々（北海道）

また聞きは口裂け女より怖い

櫻川　康雄（北海道）

にんげんになるまで続く物語

佐藤　芳行（北海道）

まだ来るな来るなと母が揺らす橋

志村ふみ子（北海道）

砂利道で聞く人生の応援歌

白井　靖孝（北海道）

潮騒よお前も四島が恋しいか

進藤　嬰児（北海道）

キッチンの音五線譜で春を舞う

杉村　洋子（北海道）

削除キーいずれ私の順がくる

高橋みっちょ（北海道）

掌に願いをのせて握る飯

竹内みのる（北海道）

どら息子親の財産知り尽くし

千葉　藤雄（北海道）

赤い糸あちこち結び増えて冬

似内　英子（北海道）

自分史の底を流れる天塩川

橋爪まさのり（北海道）

貧乏でも愛で満ちてる母心

原田つとむ（北海道）

老い乗せて桜めぐりにケアの旅

水島　悦子（北海道）

茫洋の雪の大地に明日の詩

簑口　一鶴（北海道）

願わくば平和持続の元号に

三好　緑粋（北海道）

センリュウの海外普及夢に見る

八木　柳雀（北海道）

妻逝って今日の青空持てあます

吉井　迷歩（北海道）

消化器のガンでミルクの人形に

吉野　広（北海道）

すべて投げ出したくなる夕陽せまる

四ツ屋いずみ（北海道）

百歳の
自分に
会ってから
逝こう

石田　きみ

平成に生まれた「川柳あきあじ吟社」最高の一句

蒼天へ
晒す
戦ってきた
背中

河瀬　風子

平成に生まれた「釧路川柳社」最高の一句

浮き上がる
ためにすてます
胸の石

太田　祐子

平成に生まれた「川柳べに花クラブ」最高の一句

オーロラが
舞う
神々が
笑むごとく

長谷川酔月

平成に生まれた「川柳銀の笛吟社」最高の一句

平成に生まれた最高の一句

東北編

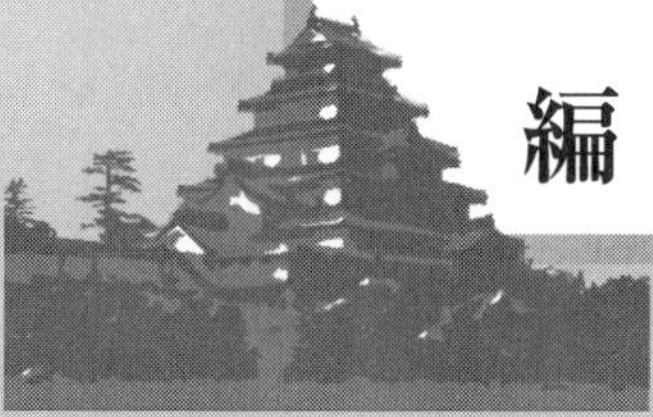

Heisei ni
umareta
Saikou no Ikku

Tohoku

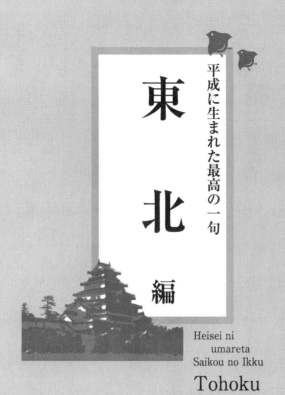

落ちるまで迷いつづけている椿

石澤はる子（青森）

空気読めだったらルビをふってよね

尾上ひろし（青森）

ご自由にどうぞと蓋を持たされる

北山まみどり（青森）

鍋破喰らい津軽の端に生き

草野　力丸（青森）

一滴、二滴、しあわせの数え方

髙瀬　霜石（青　森）

終の町川はずうっと澄んだまま

髙橋　洋子（青　森）

ポケットのほかに行き場のない拳

田鎖　晴天（青　森）

熟年期その距離感がちょうどいい

牧野　敬子（青　森）

この人と昔話をする予感

三浦　蒼鬼（青森）

倖せが引き立つように塩少々

三浦ひとは（青森）

改心をすると濃くなる生命線

村井　規子（青森）

この先をしみじみ想う誕生日

あべ　和香（岩手）

亡母は海　私は池のままでいる

有原すみれ（岩手）

泣き笑い人生航路一人漕ぎ

狗飼　英子（岩手）

核兵器持てば翼が生えてくる

小原　金吾（岩手）

生臭きものは我なりいつも句

熊谷　岳朗（岩手）

赤ちゃんが笑うとみんな海になる

鷹觜　閲雄（岩手）

わたくしが永久保存になる活字

高橋はじめ（岩手）

細雪ひとひら北を重くする

角掛往来児（岩手）

一歳の娘に一年かかりきり

照井　地蔵（岩手）

おにぎりの力を忘れそうになる

太田 良喜（宮城）

紙風船去った彼等に届くよに

太田ヨシ子（宮城）

昭和史をめくると黒い川がある

小野 正光（宮城）

方程式解けて米櫃充たされず

菅野 實（宮城）

いっぽんのペン余白まで埋めつくす

北　れい子（宮城）

被災して無死満塁の守備につく

木田比呂朗（宮城）

向かい風漢にとって晴れ舞台

木立　時雨（宮城）

平凡な家で育った四分音符

小桧山文恵（宮城）

無人駅コスモスだけが咲いている

佐久間洋子（宮城）

シニアまで「嵐」休むとオロオロし

佐久間美恵子（宮城）

悠々と傘を広げて再起かけ

佐々木みどり（宮城）

川柳に振られて目覚め作句あり

佐藤　至（宮城）

ストーブの前を取り合うボタン雪

佐藤　純子（宮城）

まっすぐな視線まっすぐに見つめる

しろ　章子（宮城）

人生を小脇に下ろし日向ぼこ

高橋　丸太（宮城）

改憲まで続くながいながい自慰

月波　与生（宮城）

仇を為す友を愛する術　神に問う

中村　定勝（宮城）

人を待つ人が桜を待つように

西　恵美子（宮城）

夢ひとつ桜並木の最後尾

飯田ふく江（宮城）

遠い日の日だまりに置く父の背

引地　雪子（宮城）

だんだんと百年生きる気にもなり

平間　大恵（宮城）

また会えるそんな気がする駅ホーム

星　明（宮城）

花回廊散りゆく桜ひとりじめ

前濱　華津（宮城）

脱ぎ捨てた軍靴を孫が履きたがる

三浦　幸司（宮城）

美しい
日本語が
好き
ひとが好き

駒木　香苑

平成に生まれた「川柳能因会」最高の一句

踏まれても
野花は
春を
忘れない

石井　頌子

平成に生まれた「川柳米沢松川吟社」最高の一句

空見上げだいじょうぶよと笑み返し
三島ひろ子（宮城）

ヨーイドン本気で走っているのだが
南 かほる（宮城）

戦争のない平成に感謝する
山岡 京子（宮城）

美しい嘘だと思う母の骨
荒木 小菊（秋田）

ママのうそつき注射やっぱり痛かった
小松　凡馬（秋田）

巣立つ子に鈴ひとつだけ忍ばせる
さとう桜月（秋田）

好奇心たとえば春の途中下車
澤田　幸代（秋田）

ふつつかな形でりんご嫁がせる
藤　咲子（秋田）

うっかりと
雲のかたちを
渡される

鎌田　京子

平成に生まれた「川柳宮城野社」最高の一句

逢えそうな
気もする
名残り雪の駅

小田島花浪

平成に生まれた「花巻川柳会」最高の一句

厚化粧熊もびっくり後退り

藤子あられ（秋田）

推敲の指が元気にまだ動く

青木土筆坊（山形）

息災の平成神《かむ》さび幕を引く

大熊幸夫（山形）

ちっぽけに生きて優しく発火する

太田祐子（山形）

身に余る背伸びに影が面食らう

坂　稲花（山形）

躓いて戦後のバトン放すまい

鈴木　良次（山形）

平成の歴史に刻む一行詩

鈴木　白鳥（山形）

下馬評を裏切る僕の大当たり

冨樫　正義（山形）

鉛筆の芯まで尖る反抗期

沼沢たかし（山形）

共白髪この勢いで白寿まで

森　英弥（山形）

すり足の妻の手を引く二十五時

山口まもる（山形）

忘れてはならぬと凪の海を見る

青木　初江（福島）

人間の代役どこにありますか

阿部　久良（福　島）

雲ひとつない青天で恥ずかしい

安藤　敏彦（福　島）

道半ば只今わたし進化中

熊坂よし江（福　島）

もう少し生きる無になるまで生きる

こはらとしこ（福　島）

ターミナル車待つ列虎落笛

斎藤　君子（福島）

回り道した分花もたんと見た

佐藤　千四（福島）

咲き切った花は散っても美しい

鈴木　英峰（福島）

平成の涙はここに置いて行く

鈴木千恵子（福島）

実りある平成だった孫増えて

鈴木 初夢（福島）

何よりの薬は人の温かみ

原 しの（福島）

贈り物香りと色に愛を添え

原 ただし（福島）

人生の放課後だけどペンは持つ

山田 茂夫（福島）

子の無事をひたすら祈る千羽鶴

吉田　ミフエ（福島）

人を待つ
人が桜を
待つように

西　恵美子

平成に生まれた「せんりゅう弥生の会」最高の一句

三ページ
ほど
風に
読ませる

佐藤　美文

平成に生まれた「川柳マガジンクラブ十四字詩句会」最高の一句

平成に生まれた最高の一句

関東編

Heisei ni
umareta
Saikou no Ikku

Kanto

鯉のぼり一本で村若返る

圷　芳雄（茨城）

長生きを詫びる老母は子の絆

阿部　邦博（茨城）

ポイントで釣ると人間よく掛かる

天貝　重治（茨城）

三代の御世に永らえ卒寿の賀

荒井　文生（茨城）

太陽のような笑顔に惚れました

石川二三男（茨城）

紅うすくさして傘寿の祝い酒

石引たか女（茨城）

隠し味妻が愛情少し入れ

内野 泰平（茨城）

乱世を生きて天下をとる気概

江崎 紫峰（茨城）

平成の最後忘れぬ八月忌

太田紀伊子（茨城）

赤ちゃんの丸い頬っぺにある未来

大森みち子（茨城）

子育ての日記に涸れてゆく乳房

岡　さくら（茨城）

虹だよと庭であなたの声がする

岡本　恵（茨城）

セルフレジ返品出来ず後悔が

奥村　清風（茨城）

千学び千を尽くして散る命

小原　正路（茨城）

冷え切った心を溶かすのもこころ

片野　晃一（茨城）

夏草を皆雑草と言う不遜

葛飾　凡斎（茨城）

故郷の道好きで嫌いで恋しくて

柄津　花舟（茨城）

枯れるにはまだ生臭い欲もある

木内たけし（茨城）

明り背に涙落した流し台

倉永みちよ（茨城）

自分史の余白ににじむ嘘と悔い

後藤　建坊（茨城）

まだ家に一本も矢が刺さらない

小林　道利（茨城）

・・・手紙の中のテレパシー

鈴木　青古（茨城）

預金利子拡大鏡で確かめる

髙橋　富雄（茨城）

まだ女曇ガラスを拭いている

谷藤美智子（茨城）

僅かな差を劣等感が広くする

堤　丁玄坊（茨城）

遺伝子をたっぷり呉れた母憶う

東行　小師（茨城）

あこがれた都会孤独の吹き溜り

永井　花菜（茨城）

伝わらぬ痛みに探すオノマトペ

沼崎　公子（茨城）

二人づれ会話ないのが夫婦です

原　はるえ（茨城）

食い違う記憶は深く追わずおく

兵藤猫目石（茨城）

縄飛びの音かろやかに地面打つ

平沼　風花（茨城）

この花に誰が名付けたイヌフグリ

福田　静世（茨城）

平成を笑顔で送る二重橋

船橋　豊（茨城）

墓石に触れれば父母の温かさ

古家　康雄（茨城）

歌う踊る詠む人生のロスタイム

本荘　静光（茨城）

保育器の重い命を持ち上げる

三浦　武也（茨城）

迷うとき父母のドラマが生きている

本村　武久（茨　城）

子を生して嫁は主婦の座駆け上がる

矢内ひろし（茨　城）

平成ラスト手振る老兵生きて華

柳　天心（茨　城）

ワイパーを最速にして逢いにゆく

山田とまと（茨　城）

病む妻に愛の深さを試される
山荷喜久男（茨城）

母の傘させば思い出降ってくる
山本千栄子（茨城）

天皇とご一緒できる第二章
淀縄たけし（茨城）

人間になろう小窓を開けておく
荻原鹿声（栃木）

おじさんは無職と書くが閑じゃない
刑部　仙太（栃　木）

宿泊へまず確かめる非常口
小保方美智子（栃　木）

青春を語る地球の噴火口
小池　誠（栃　木）

生きているいや生かされた有難さ
佐野　正晃（栃　木）

象の目に百年先はどう映る

善林　真琴（栃　木）

老木も春に芽を吹くど根性

五月女佳子（栃　木）

エピソード黄泉へいく兄褒め称え

沼尾　登代（栃　木）

三角になってくれない握り飯

橋本紀久子（栃　木）

ありがとう命の水よ水の星

松本とまと（栃木）

位牌だけ落ち着いていた震度3

三上博史（栃木）

津波にも耐えた宿ですごゆっくり

柳岡睦子（栃木）

五十歳こころに風邪の既往歴

伊藤正美（群馬）

杏姫会えて嬉しい花めいろ

生方ノブ一（群馬）

朝顔を植えて千代女と語り合う

大沢　覚（群馬）

少年よぼんやり空を見てごらん

荻原非茶子（群馬）

五線譜を渡る女の子の素足

荻原　亜杏（群馬）

カミさんに
一歩譲れば
旨い酒

片山　博

平成に生まれた「二宮川柳会」最高の一句

僕だけの
シルク
ロードが
混み始め

豊田　初枝

平成に生まれた「楽しい川柳会」最高の一句

ヒトゲノム俺はやっぱり俺である
河合笑久慕（群馬）

中継は危険へ逃げる避難見せ
黒崎　和夫（群馬）

角福の争いは子に受け継がれ
島田　駿（群馬）

農一途生きて八十路にある光
下山　貞夫（群馬）

人間が好きで人間やめられぬ

勢藤　潤（群馬）

手の平に水を掬ってじっと見る

田島　悦子（群馬）

デジタル化文明人が退化する

時澤　独鯉（群馬）

米寿にも米寿の気骨武士の子だ

松井　賢一（群馬）

代々の墓を守って母ひとり

簗瀬みちよ（群馬）

添寝して孫の鼓動に安堵する

山田　實子（群馬）

人波に押され私が出来上がる

湯本　良江（群馬）

武器持つと試してみたくなる戦

青鹿　一秋（埼玉）

でしゃばりが居なくて七味唐辛子
石井小次郎（埼　玉）

健さんになって出て来る映画館
石川　和巳（埼　玉）

突然の別れ風船飛んで行く
井関由香里（埼　玉）

あぶな絵にまだ残ってた血の滾り
内山河太郎（埼　玉）

人生を倍は生きてる妻の口

梅崎　栄作（埼　玉）

やさしさを真綿でくるむ母の詩

大野　一与（埼　玉）

訳あって昨日ぐい呑み今日は猪口

荻野　嘉郷（埼　玉）

反骨の虫を育てた九十九折り

木崎　栄昇（埼　玉）

意味聞いて日本語と知るミライトワ
斎藤　弘美（埼　玉）

揺れるともなびきはしない老い柳
白柴小太郎（埼　玉）

景色より据え膳狙う妻の旅
永井　隆（埼　玉）

知らぬまま過ぎた月日が重すぎる
中村　徹（埼　玉）

会者定離微笑みたたえ母が逝く

西松　忠義（埼　玉）

コンビニとスマホに頼る共稼ぎ

信　寛良（埼　玉）

木端微塵のその一片を抱き締める

野邊富優葉（埼　玉）

散らかった自由集めて待つ天寿

平井　熙（埼　玉）

万倍の象を走らす蟻の核

伏見　文夫（埼　玉）

晩酌で今日を洗ってまた明日

星野睦悟朗（埼　玉）

ふるさとに牛歩の似合う川がある

松田　重信（埼　玉）

子や孫へ渡すバトンが重くなる

丸山　孔平（埼　玉）

夫から最後のラブレターは遺書

源 松美（埼玉）

一個とは言えず二個買う桜餅

村上 善彦（埼玉）

この道でよかった妻が笑ってる

山田 恒（埼玉）

生きるって何て素敵なショーだろう

吉田みいこ（埼玉）

指先で世界が踊るウェブ時代
足立　鷹麿（千葉）

一息ついて母ちゃんの言うとおり
伊師由紀子（千葉）

天よ地よ何が不満で荒れ狂う
入江　朝露（千葉）

赤いバラ一本だから狂いそう
上西　義郎（千葉）

いい目覚め
孟浩然の
詩をなぞる

中居　杏二

平成に生まれた「矢那川吟社」最高の一句

振り向かぬ
別れに
しよう
句座の席

宮川ハルヱ

平成に生まれた「つくばね番傘川柳会」最高の一句

離れても心伝わる姉がいる

梅澤　秀美（千葉）

中年の大志　自費出版をする

江畑　哲男（千葉）

被曝地を飛び越えてゆく平和賞

老沼　正一（千葉）

今少し在庫ありますごころ

太田ヒロ子（千葉）

人類の念願人類が閉ざす

大戸　和興（千葉）

尖る字が踊るコギャルの母子手帳

尾崎　良仁（千葉）

やりくりで歩を金にする山の神

折原あつじ（千葉）

投げかける月のひかりがうってつけ

柿内　朋江（千葉）

踊り場のない銀座の夜を生きる
加藤　品子（千　葉）

ゲートウェイ四十七士が跳び起きる
上條　善三（千　葉）

掃き溜めになった日記の墓参り
川原田美奈（千　葉）

食べ頃と合図しているサンマの目
菊田　郁夫（千　葉）

前へ前へ誰も知らない靴の穴

木戸香穂子（千葉）

赤子抱きテロのニュースを聞いている

日下部敦世（千葉）

曲り角なんかあるから住みにくい

窪田 達（千葉）

最高のお化粧ですよその笑顔

小菅 忠（千葉）

佳人薄命きっと早死してみせる
小林かりん（千葉）

佐渡の百合咲いて潮騒が聞こえる
齊藤　大柳（千葉）

宇宙から見ると地球が焦臭い
佐竹　明吟（千葉）

アイロンは掛けないままの笑い皺
佐野かんじ（千葉）

石段へ影焼き付けた六千度

佐野しっぽ（千葉）

宝なる息子語られ財無くし

芝岡喜代子（千葉）

月孤独　狼孤独　影もまた

柴垣　一（千葉）

稲つくる友のあぐらのでかいこと

白石　昌夫（千葉）

ケアハウスここも良いよと母の嘘
末吉 桜胡（千 葉）

赤い服メイクも決めてクラス会
鈴木喜久江（千 葉）

まだあるさ未来という日楽しみに
鈴木 大峰（千 葉）

お幸せですね豊かな笑い皺
瀬田 明子（千 葉）

万能でないから神も八百万

高塚 英雄（千葉）

有り難い親です時に重いです

田口 節子（千葉）

ガリバーの靴がずらっと成長期

武田 浩子（千葉）

夕焼けに消し炭を投げ入れている

柄 宏一郎（千葉）

魂の自由ゆらりと生きて行く

月岡サチヨ（千葉）

子だくさんみんな遠くに住んでいる

角田　創（千葉）

君がいるただそれだけの有難さ

角田真智子（千葉）

登場者覚えた頃は読み終り

永見　忠士（千葉）

母という見本があった老い支度

成島　静枝（千葉）

本が言う脳も実りの秋ですよ

二宮千恵子（千葉）

きょう出よう明日出ようと五十年

根本世紀子（千葉）

未来都市にも縫い物をする私

羽生　洋子（千葉）

二人目は産まれた日から比べられ

菱山ただゆき（千葉）

宇宙のやさしさとも　一本の白髪

普川素床（千葉）

常識の器の中で呼吸する

藤井敏江（千葉）

鈍刀で切れぬ政治と金の縁

藤沢健二（千葉）

父母介護投げ出したいな長女です
藤田千津枝（千葉）

ＡＩにない温もりが脳にある
藤田　光宏（千葉）

バンザイと散った桜を忘れない
古川　大晴（千葉）

魚にも泳ぎヘタな子いるだろう
古田　水仙（千葉）

戦争の愚かを父の回顧録

本間千代子（千葉）

母の裸体見た或る少年の怖れ

増田 幸一（千葉）

百歳をぼーと生きてちゃいけません

松尾 仙影（千葉）

黙秘から引退決めて良くしゃべり

松尾タケコ（千葉）

平成が災の字で括られる

松城　信作（千　葉）

ひと言が多かった日と足りぬ日と

松田　栄子（千　葉）

それからの話はいつも医者通い

松本八重子（千　葉）

ハードでも気持ち次第でなるソフト

宮坂いち子（千　葉）

飲んでない酒がまだある日本地図

宮本　次雄（千葉）

ズームイン雑草だって華になる

矢澤　光江（千葉）

ちかごろはあなたの声にアレルギー

山本　万作（千葉）

夕焼けと一緒に母が呼びにくる

横塚　隆志（千葉）

咲きたくてノックを待っている蕾

吉村たい子（千　葉）

喜怒哀楽毎夜日記が聞いてくれ

六斉堂茂雄（千　葉）

死を賭した男を抱くチョモランマ

秋広まさ道（東　京）

断捨離の切っ先にある赤いバラ

浅岡わさ美（東　京）

この壁を
越えると
好きになる
小道

永井　花菜

平成に生まれた「土浦芽柳会」最高の一句

レシートに
一人
暮らしを
刻まれる

大沢いさ子

平成に生まれた『川柳研究会「鬼怒の芽」』最高の一句

増税に輪をかけている五輪の輪

浅賀　清（東京）

平生の業成に澄む蝉時雨

朝田　明己（東京）

三十年祈り続けて平和成る

浅見　林檎（東京）

にんげんが大好き人間が怖い

阿部　勲（東京）

こんな日が来たか一切れ鮭を焼く

安澤　教子（東　京）

時を読む右脳を３Ｄにして

五十嵐淳隆（東　京）

私よりわたしを知っている鏡

石井　和子（東　京）

幼子がちひろの色で駆けて来る

井手ゆう子（東　京）

居酒屋のにぎわいまとい誕生日

伊藤あつみ（東京）

名人に捌かれ鯛もご満悦

伊東　一美（東京）

平成のうちに会いたい青い鳥

稲葉あさじ（東京）

原発はゼロ尿酸値は8以下

植竹　団扇（東京）

天災は神々たちの無礼講
上原　稔（東　京）

忖度もセクハラも省史に残る
遠藤香代子（東　京）

時代を深く生きて蓮咲く
大谷　仁子（東　京）

グチ話つつんで香るミルクティー
大谷みつ江（東　京）

早や八年彼の地で陛下ひざ畳む

荻久保敦子（東京）

コンビニに竈の煙奪われる

小野六平太（東京）

品格を欠いた政治屋其処彼処

笠井 美一（東京）

川柳で痛い足腰忘れてく

加藤とうこ（東京）

ひばり去り安室も去って次の御世
門脇千代子（東京）

死に方の名人がいる斬られ役
上村　健司（東京）

平成で終わりのはずが次を見る
木咲　胡桃（東京）

温暖化世界各地で怪現象
木下　野邑（東京）

骨太の国を掲げる太い嘘

木元　光子（東　京）

平成にまる子九歳チコ五歳

桑山桑の実（東　京）

ワンタッチ押されりゃ終り核の傘

小石澤塵外（東　京）

踊るほど体重増やすルンバ君

こうせい（東　京）

プライドをはがすレタスの葉のように
後藤　育弘（東　京）

久し振り幸せかいと聞いた人
小浜　南子（東　京）

二〇二〇生のドラマを期待する
近藤　泰山（東　京）

この指に止まる友減るかくれんぼ
権守いくを（東　京）

で、結局国民のせいなんですか

ささきのりこ（東京）

水仙の香り今日来る人を待つ

佐藤　靖子（東京）

歯を磨く今日の私を確かめる

佐藤　之（東京）

来世の因果を思う踊り食い

佐藤　牧人（東京）

酒だお酒だもしもの時のために

佐藤　俊亮（東　京）

浴室の鏡曇って丁度良い

佐藤　みち（東　京）

平成の鐘はゴーンで幕を閉じ

佐藤　晴江（東　京）

褒め言葉塗って心の傷癒す

島村　青窓（東　京）

すこしつかれてあたたかい色になる

十六代目 尾藤 川柳（東 京）

積水が一目惚れした詐欺の土地

諏訪原 栄（東 京）

歳月が夫婦の色をつくり出し

清少 和言（東 京）

ロボットに人肌の酒お酌され

外澤 篤郎（東 京）

生んでくれ育ててくれてありがとう

髙松　孝子（東　京）

平成をまたいで臨む新時代

ただとういち（東　京）

花形の病ニュースに荒れる春

田中　正己（東　京）

平和への祈りを込めた三十年

竹萬　火華（東　京）

書く人に
会いたく
なった
コラム欄

大木久仁子

平成に生まれた「下野川柳会」最高の一句

父母の来た
草津の宿へ
妻を連れ

荻原　柳絮

平成に生まれた「川柳竹柳会」最高の一句

水平線に見た来し方の凹み

堤　牛歩（東　京）

人間の芯を探して雲の上

堤　晏ね（東　京）

全員生ビール僕だけ瓶ビール

永井　天晴（東　京）

躾糸そっと役目を抜けて出る

仲神　裕子（東　京）

沸かす初っ切り巡業が滑り出す
長澤　昌三（東　京）

少子化に孫抱く幸をありがとう
長嶋　六郎（東　京）

やさしさがのこるひらがなだけのふみ
中林　明美（東　京）

喝入れる鏡向ってバカヤロー！
なかよしキンクス（東　京）

置き場所に困る思いをまた拾う

夏木　蒼子（東　京）

ささくれた心にそっと愛をぬる

なつみ（東　京）

皿洗う嫁がその皿又洗う

野村八重子（東　京）

言の葉は魂の音詩紡ぐ

畑中　玉菜（東　京）

ノルマなの私の中の一人言

林　くに子（東京）

まじまじと背を見た父の尻を見る

尾藤　一泉（東京）

身に覚えあるからここは知らん顔

深川きんぎょ（東京）

退くも進むも地獄再稼働

藤田　平和（東京）

The Ground we run round God on.

太石　詠二（東　京）

さびしがり　自分にルビを振ってみる

船木　千夢（東　京）

再生の命ライオンでありたし

星出　冬馬（東　京）

思春期の背にたたまれた翼あり

堀内留美子（東　京）

湯治場の悲喜こもごもの湯気の色

増田かすが（東京）

内助の功婦唱夫随があってよい

マダムモモ（東京）

神のふりしたくて風の中にいる

松橋　帆波（東京）

一隅を照らす小さな思いやり

宮川　令次（東京）

草書体無縁に過す怒り肩

村木　利夫（東　京）

春ウララ二回着がえて君に逢う

湯浅　和枝（東　京）

枯れそうになるとせっせと本を読む

吉川　一男（東　京）

嬉しさを月にも聞かせ千鳥足

渡辺みのる（東　京）

人生のゴールに要らぬ順位表
秋山　了三（神奈川）

悩みなど目クソ鼻クソ鳥の糞《ふん》
秋山佳世子（神奈川）

酔芙蓉しらばっくれて俯いて
石川えみ壷（神奈川）

いぎたない六法全書食むすみれ
伊藤　聖子（神奈川）

本当はね熊猫《パンダ》は吊目猫の告発《こえ》

イトーキタロー（神奈川）

子の闇を抱き起す手にこぼれ萩

伊藤　秀子（神奈川）

衣ずれに凛としてみる揺れてみる

大橋　友子（神奈川）

尖る子にだるま起こしの母ごころ

大平　小鈴（神奈川）

繕って老朽船の帆を上げる

尾河ふみ子（神奈川）

飛行機でスーッツ姿の里帰り

小野　忠良（神奈川）

隙のない優しさだった怖かった

鏡渕　和代（神奈川）

若かった突っ張っていた肩パッド

加藤　佳子（神奈川）

鎖から外すと迷いだす自由

加藤　胖（神奈川）

ＴＰＰ賛否は票に聞いてみる

鎌倉　大仏（神奈川）

カレンダー肝に銘ずる休肝日

木下　勝行（神奈川）

明日の絵のヒントを呉れる酒の友

小西　章雄（神奈川）

雪溶けて中から冬の笑い声

こむぞう（神奈川）

口出しは無用と御所に猿轡

誤　了　見（神奈川）

ことのはがひらりとおりてくる夕べ

近藤　紡藝（神奈川）

「戦争はヤバイ」を薄め去る平成

齋藤　洋一（神奈川）

雪道の土産話に燗をつけ
坂本喜十郎（神奈川）

花にはなれず草にもなれず人になる
芝岡勘右衛門（神奈川）

この道で良かったアナタにも会えた
妹尾　安子（神奈川）

迎合はしない孤高のダンディズム
竹中えぼし（神奈川）

オッパイで五感を学ぶ赤ん坊
唯　夕（神奈川）

見る人も見られる花も杖を突き
田中　南行（神奈川）

水空気裸一貫生きている
外山　遊児（神奈川）

アメリカはいつか日本に犠打サイン
柊　無扇（神奈川）

立ち直るには柔らかすぎたゲンコ
安井　利彰（神奈川）

指メガネいちばん好きな明日が来る
やまぐち珠美（神奈川）

炎天下自分の影に入りたい
米山　かず（神奈川）

温もりの記憶へ老母と旅をする
遠藤いづみ（山　梨）

脱がないで　恋が終ってしまうから

小林信二郎（山　梨）

後継ぎが無くも美田にながす汗

望月　芦川（山　梨）

聴く耳も心の窓も開けている

望月貴美子（山　梨）

仏にも
鬼にも
借りた
恩がある

篠田　東星

平成に生まれた「宇都宮東久川柳会」最高の一句

まだやれる
とことん
やれと
青い空

小出　蕗女

平成に生まれた「川柳美すゞ吟社」最高の一句

肩書のとれた名刺の大欠伸

北原　伸章

平成に生まれた「飯田天柳吟社」最高の一句

あの人の壁をなくしてくれた酒

村松キミ子

平成に生まれた「川柳キマロキ吟社」最高の一句

平成に生まれた最高の一句

北信越編

Heisei ni
umareta
Saikou no Ikku

Hokushinetsu

雑音におろおろ芯のない主張

坂井マサコ（新潟）

声つまる陛下会見もらい泣き

清野　十平（新潟）

焼網でラストダンスを舞うスルメ

鶴巻　大六（新潟）

折れてからの寂寥感の置き所

永井　勝彦（新潟）

火の玉の母は子を産み子を育て

柳村　光寛（新　潟）

口答え小さく揺れた母の肩

秋山　宏子（富　山）

本を読む言葉美人になりたくて

荒井眞理子（富　山）

万能細胞老人力に接ぎ木する

有澤　嘉晃（富　山）

楽しいこと伝えたいから句を作る
石崎真貴子（富山）

憲法を童話のように読んでいる
板谷　達彦（富山）

ＡＩにヒトの感性読み解かれ
おかのみつる（富山）

三世代朝のドラマが響き合う
門田　宣子（富山）

S席でショパンが弾む年金日
金子千枝子（富山）

オレオレと名乗る者にも親がいる
木澤　隆（富山）

山頭火慕いわらじを履く諭吉
國本三九良（富山）

不謹慎かな大仏さんに惚れました
黒田留美子（富山）

崖っぷちへそっと差し出す法の傘

小森ふじ子（富山）

家事育児介護必死に生きる葦

島　ひかる（富山）

刈り終えて田に勲章の曼珠沙華

すずき善作（富山）

凪は人熱は伝えて摑めない

林　進（富山）

埋み火が燃えたは風の罪ですか

松岡　紀子（富　山）

半乾きそれでも好きな服を着る

松本　淳子（富　山）

マンネリへ薬味が光る夏の膳

宮城　澄子（富　山）

百歳の八十歳を使う顎

山下　功（富　山）

変死体ばら一輪が置いてある

石田 礼子（石 川）

永遠の別れと知らず梨を喰う

山下由美子（石 川）

フクイリュウ君はオーロラ見ましたか

浅川 静子（福 井）

一行詩綴りきれない愛の嵩

安斎あさひ（福 井）

ストックとため息ついて山登り

伊部　雅穂（福井）

雪解けて争いだけが解けぬ春

上木　雅雄（福井）

罪問えばカネがナるなり日産自《にっさんじ》

小原　隆（福井）

愛された和製横綱土俵去る

白井　信子（福井）

誘われて飲みに行くのに拂い俺

花澤　和實（福井）

指先で大人動かす一歳児

馬場　桜朝（福井）

長生きの八百比丘尼お仕置か

松島　輝一（福井）

深層の自分見詰める心理学

山下　博（福井）

川柳も「平成最後」で一儲け

赤津　光治（長野）

花になれ風になれよと子守唄

石田　一郎（長野）

あの笑顔皆幸せに包み込む

井田けい子（長野）

唯一度泣いた父見た終戦日

漆間　包夢（長野）

こだわりを捨てて見果てぬ夢を追う

遠藤　夙子（長　野）

顔上げてきのうの私脱ぎ捨てる

大森乃里子（長　野）

さくらはらはら又の世も君を恋う

興津　幸代（長　野）

和を貴《たっと》びし遺伝子永遠《とわ》に生きよかし

小口　凪海（長　野）

その席を静かに空けて父は逝く

北沢　龍玄（長野）

思い出の頁私を走らせる

北沢真佐子（長野）

着信の履歴男が裁かれる

北原　伸章（長野）

三世帯皆各々に忖度し

久保ひろし（長野）

虹すごい食べてみたいなひと口で

久和　春花（長野）

夢遥か燃える夕陽を抱いて寝る

甲野　美文（長野）

同居欄貧乏神と書いて出す

小林たま子（長野）

まん中に家族を結ぶ母がいる

小林　紀子（長野）

青雲を胸に抱いて地に還る

塩澤　久子（長野）

趣味一つ燃やす余生のエネルギー

島田　昭陽（長野）

母と娘の因果変わらぬ道を踏み

菅沼　輝美（長野）

空耳か軍靴の響しきりする

宣《せん》　久《きゅう》（長野）

飽きもせず磨く余生の石一つ

曽我　秋水（長　野）

悲しみもいつか喜劇に変えてやる

髙松　義子（長　野）

さようなら又ねあの世の混みぐあい

髙見澤直美（長　野）

理不尽も数がもの言う多数決

武田　香風（長　野）

廃線のレール昔を語り出す

田中美和子（長野）

笑っても泣いても同じ影ぼうし

千木良正文（長野）

愛のある嘘で守った友の危機

筒井　益子（長野）

真っ白いお皿の上でキミを待つ

中嶋　安子（長野）

寒にすくみあれもこれもと四捨五入

中村　和子（長　野）

跳び箱を飛べて宇宙が広くなる

中山さとる（長　野）

バス停で鯨が来たという知らせ

西沢　葉火（長　野）

でこぼこ道辿《じ》り経て今平成《たいらなり》

橋爪まんぷ（長　野）

昭和史を語る同志が枯れていく

長谷部良庵（長野）

両輪の軋み気遣う老夫婦

林 義章（長野）

ほほえんで胸に納めている度量

原 美恵子（長野）

米二合明日の命を信じ研ぐ

広瀬 敏子（長野）

妻の座という名の広さ尺度なく

福沢　勝美（長野）

小さくもいつか膨らむ夢を追う

藤沢三江子（長野）

お茶の間へ団欒誘う母の味

堀田　毅（長野）

平成の真意遺して幕を引く

牧内　秀雄（長野）

一呼吸おけば言葉が出てこない

松本　浩子（長　野）

着飾った言葉にはないおもてなし

松本　利昭（長　野）

郷愁が見下ろしているダムの底

宮尾　柳泉（長　野）

励ましの言葉が坂を越えさせる

望月　智香（長　野）

父祖の志を受け継ぎ生きる子らと孫

桃沢　健介（長　野）

小雪舞う温いコタツとにごり酒

吉沢　明子（長　野）

窮状に
受けた
支援を
恩に着る

山下　博

平成に生まれた「北陸労金福井地区友の会川柳会」最高の一句

出来不出来
ポテト
サラダの
物語

吉田甚吾朗

平成に生まれた「柳都川柳社・川柳ぶんすい会」最高の一句

抱きしめた
ガラスの
君が
胸を刺す

今田　久帆

平成に生まれた「浜松川柳社いしころ会」最高の一句

不合理へ
数え
きれない
石を蹴る

山田とく子

平成に生まれた「静岡県川柳協会」最高の一句

平成に生まれた最高の一句

東海編

Heisei ni
umareta
Saikou no Ikku

Tokai

余命表悔い一つずつ消してます

井川　英子（岐　阜）

青春の岐路で即決いまの幸

井川しげ子（岐　阜）

懐かしい笑い父にはもう会えぬ

大島　凪子（岐　阜）

たまに飲む晩酌たのし八十路坂

大塚　一郎（岐　阜）

まだ戯画を描き続けるまつりごと
小野小野三（岐阜）

ダマレだまれデモクラシーは多数決
加藤友三郎（岐阜）

清流に手染めの鯉の寒晒し
北川 成子（岐阜）

満ちたりた人生ひとり焼く秋刀魚
鬼頭 笑子（岐阜）

酷暑ゆえ体の中の毒素溶け

小林　輝美（岐阜）

大空に未来の夢を描く妻

小林　光枝（岐阜）

君想う心の窓に夢を編む

小林　勝英（岐阜）

躓いたあたりで探す道標

小林　映汎（岐阜）

自分史に操《たぐ》る言葉が見つからず

下川　洋子（岐　阜）

まぐれ勝ち嬉しい誤算また願う

瀧戸　八起（岐　阜）

従属を固い絆と誇る国

中　仁也（岐　阜）

雑踏を斜めに泳ぐ交差点

中島　晋吾（岐　阜）

逆境に耐えて笑って春を待つ

中島　翠花（岐阜）

鳴かずとも射たれてしまう鳥哀れ

長瀬　武司（岐阜）

やさしさを野菊に貰う散歩道

平瀬　敬子（岐阜）

栄転も昇進もなく買う定期

舟坂　均（岐阜）

満月のこれから欠けていく試練

堀　敏雄（岐阜）

万感の握手言葉を超えなした

毛利まさ子（岐阜）

九条が守った平和黒い霧

森　くに於（岐阜）

四十度地球に欲しい解熱剤

森前　光子（岐阜）

ライオンも兎も眠る玩具店

弓桁　英二（岐　阜）

相槌で平和の鐘は鳴らせない

青山　南（静　岡）

平凡に生きた道にもある起伏

浅井つね坊（静　岡）

決断は富士を仰いでから下す

渥美さと子（静　岡）

平成の終りが見えてする参賀

伊熊　靖子（静岡）

安否問う目に悲しみの海がある

今田　久帆（静岡）

伸び代を見込んで辛い点をつけ

岩城　干城（静岡）

和の心銀河に届けテレパシー

内海　宏幸（静岡）

自己ファースト軍靴が響く鵺の闇
遠藤　そら（静岡）

終活に生きた足跡残すペン
垣野　佳子（静岡）

百歳が十年先の予定入れ
垣屋ひろみ（静岡）

美女なくてなんの景色の活きの良さ
木村謝楽斎（静岡）

平成に生まれた「川柳ともしび吟社」最高の一句

ちっぽけな
愚痴をのみほす
海の青

山本野次馬

平成に生まれた「川柳さくら」最高の一句

二十四時
蟹工船が
浮上する

中前　棋人

胡桃割る音を胡桃の中できく

句ノ一（静岡）

老いたれば優しい鬼に手を引かれ

畔柳晴康（静岡）

虹のたもとで昔の君に巡り合う

小島松太（静岡）

気が済んだように雨つぶ地に還る

小林ふく子（静岡）

宅急便飛び出しそうな母の愛

小林　輝子（静岡）

右傾化を知って乱れてくるマーチ

佐藤　灯人（静岡）

酒飲もうまた魂が疼くから

佐藤　清泉（静岡）

置き引きのように平和が盗まれる

佐野ふみ子（静岡）

青むまで己を放下して幻花

杉山　夕祈（静岡）

今日という若い日はない靴をはく

鈴木千代見（静岡）

前向きに考えますと後ろ向く

髙崎　慶子（静岡）

ＡＩとタッグを組んだヒトゲノム

髙橋　紘一（静岡）

子の年を聞いてはじまる見ず知らず

田川ニ三十（静岡）

紆余曲折超えて一緒に老いの道

田中　恵子（静岡）

冬銀河すこしあなたが近くなる

外側としみ（静岡）

靖国に眠るラッパが鳴りだした

中前　棋人（静岡）

東京のネオンは翳を映さない

林　重勝（静岡）

男　何を捨てて来たのか手がきれい

藤森ますみ（静岡）

盆供養亡母に切手のない手紙

堀内まさ江（静岡）

終電に遅れ鶏舎に似たホテル

牧田　龍司（静岡）

詳しくはホームページでわしゃ駄目だ

増田クニオ（静岡）

まっすぐな青空とても騙せない

松浦　陽子（静岡）

禁断の果実うっかり口にする

馬渕よし子（静岡）

仮置場仮仮置場半減期

水品　団石（静岡）

枯草になるまで百の嘘を吐く
望月　弘（静岡）

本当の恋は無口な砂時計
山下　和一（静岡）

くつ下の伝線　蛍でていった
米山明日歌（静岡）

新しい明日が欲しくて皿を焼く
渡辺　遊石（静岡）

野暮なこと聞くなと母がルージュ塗る

浅見　和彦（愛知）

日々感謝日々感動の年明ける

足立　文子（愛知）

平成を知らずに生きた二十年

安達　節（愛知）

大凶を素手で倒したことがある

安藤　なみ（愛知）

無我夢中詩歌を探る旅最中

池田登茂子（愛知）

絞っても絞っても声は大きい

稲垣　康江（愛知）

母を抱く母の命の音を聴く

位田　仁美（愛知）

少ないがみんな泣いてる家族葬

小野　教彦（愛知）

転んでも覚悟のダルマ起き上がる
加藤美智子（愛知）

夫婦ラン足並み揃えゴールする
加藤　八重（愛知）

ゆっくりと昔話の読み聞かせ
加藤千恵子（愛知）

世話好きの投げた笑顔のブーメラン
神谷津都夢（愛知）

ふつつかな
形で
生きる
これからも

米山明日歌

平成に生まれた「川柳マガジンクラブ静岡句会」最高の一句

生きて
ゆくため
片隅に
置く光

柴田比呂志

平成に生まれた「岡崎川柳研究社」最高の一句

泥水と戦って咲く蓮の花

亀山　正樹（愛知）

こそ泥に九官鳥がコンニチワ

河合　守（愛知）

風の音ばかり聞こえる糸でんわ

川越洪太郎（愛知）

戦争の音も写っている写真

北原おさ虫（愛知）

立ち枯れの絡みついてる理想論

木村　英昭（愛　知）

旅の宿迷う聖書かＡＶか

榊原己津夫（愛　知）

さあ食後薬タイムだ老い二人

榊原美沙子（愛　知）

不用意な一言でした以来冬

榊原　幸男（愛　知）

我が家では妻の笑顔がジェネリック

佐藤　哲也（愛　知）

かなしみもあって桜の狂い咲き

柴田比呂志（愛　知）

淡墨の桜も姥も花盛り

志水　太郎（愛　知）

猫の住む小道に怖い人も住む

白玉ロニエ（愛　知）

巻き返すデリケートキーを駆使して
髙田　桂子（愛知）

もち投げと聞けばエプロンつけ走る
髙橋　沼枝（愛知）

生き様を飾れば嘘も混ぜてある
土佐　昌子（愛知）

休耕田米実る日を土が待つ
長坂　令子（愛知）

惚れてますあなたの作る作品に
猫乃　呂実（愛　知）

イエスではない大衆のサイレント
橋本　悟郎（愛　知）

被爆者へ心寄り添う熱いハグ
橋本　律雄（愛　知）

病床の祖母にスマホのお月さま
八甲田さゆり（愛　知）

幼き日風よけだった父の背な

花村　康史（愛知）

ふる里で待つ過去達に癒される

原　雄一郎（愛知）

あゆんできたうまれおちるをえらべぬも

堀田　志保（愛知）

骨格を整える　飛べます飛べます

堀田　蓮子（愛知）

漂うて発想新に知恵を編む

本田みち乃（愛知）

限りあるいのち今こそ燃やさねば

前田トクミ（愛知）

本当によく喋るなあ妻娘

牧野 安宏（愛知）

おはようと言えば夫が谺する

松井 紀子（愛知）

タッチ全部読んだ明日は退院日
水野奈江子（愛知）

ドーム一個分くらい飲んだかなあビール
宮内多美子（愛知）

人間の弱さが壁を高く見せ
三好金次（愛知）

ポケットにアンパンマンとドラえもん
三好光明（愛知）

Yシャツを表千家で干してみる

安井紀代子（愛　知）

じっくりと育てる味噌と天下人

山下　吉宣（愛　知）

元気です雪が降ろうが晴れようが

山本　八葉（愛　知）

あっと叫んで崩れるのを見てる

大嶋都嗣子（三　重）

方円を溢れた水が持つ狂気

大野たけお（三重）

愚直さはカバンに入れて旅に出る

奥田　悦生（三重）

にんげんに帰るため夢見続ける

相馬まゆみ（三重）

母遺すブスでも笑顔うつくしい

谷　てる子（三重）

天までも届く発芽の仕込みどき
橋本　修（三重）

やがて死に至る道ならあかあかと
宮村　典子（三重）

キリストは遠い親戚釈迦は叔父
山口亜都子（三重）

平成の
事件簿
ファイル
また増える

小野小野三

平成に生まれた「城西川柳会」最高の一句

モンペ脱ぐ
母にも
白い
ふくらはぎ

武藤　敏子

平成に生まれた「岐阜川柳社」最高の一句

平成に生まれた最高の一句

近畿編

Heisei ni
umareta
Saikou no Ikku

Kinki

面影が母に似てきたお姉さん

太田多賀江（滋賀）

点滴を続ける中で夢探す

小椋きぬ子（滋賀）

行列の癖が文化になる日本

梶原　邦夫（滋賀）

国中で新元号を待ち遠し

門野　　操（滋賀）

人生は台本どおりに進んでる

辻　善学（滋賀）

笑い顔誰でもできることなのに

疋田弥栄子（滋賀）

平成の思い出のあと繋いでる

藤野佐津子（滋賀）

モラルってこんなやさしい木のベンチ

安藤　哲郎（京都）

重石グッとわたしの濃むらさきが浮く
遠藤小夜子（京都）

物言わぬヒト科の群れる都市砂漠
大村松石（京都）

介護棟までムーンウォークで辿り着く
河村啓子（京都）

最強の武器が愛だと気づかない
白瀬白洞（京都）

満月の裏は涙の海だろう

杉浦多津子（京都）

マニフェスト当選までの包装紙

高橋太一郎（京都）

傷口に立入禁止と書いておく

寺島洋子（京都）

戦争はしないと決めたはずの国

西山竹里（京都）

わが道に一度でもいい花吹雪

広瀬　勝博（京　都）

母ちゃんと叫びたいのだろう涙

前中　知栄（京　都）

語り部も減り薄らいでいく記憶

前中　一晃（京　都）

出来のええ阿呆にならんと生きられん

山中あきひこ（京　都）

白いピアノになろうなろうと白鳥は

赤松ますみ（大阪）

落ち武者のようにひまわり立ち枯れる

油谷　克己（大阪）

手を添えて看取るほかない星が降る

荒川　鈍甲（大阪）

過疎に住む母を訪ねて日向ぼこ

井内　順子（大阪）

夢の字を書き直してはなる大人
伊敷きこう（大阪）

バーチャルに慣れて浮き世が分からない
石田　茶伴（大阪）

息すれば鏡がくもる生きている
磯野　定喜（大阪）

はやぶさ2帰還新たな御代で待つ
稲田　歩茶（大阪）

人生は回転扉かも知れず

樋口　仁

平成に生まれた「四日市川柳会」最高の一句

大阪は人形が恋を語る町

露の五郎兵衛

平成に生まれた「川柳二七会」最高の一句

体重が０.０００05減りました

井上恵津子（大阪）

飲みなはれあんたの金で好きなだけ

井丸　昌紀（大阪）

遥か先彬が今も走ってる

岩佐ダン吉（大阪）

言霊を軽んじくちびるが荒れる

上嶋　幸雀（大阪）

人はみな自分色したパンを焼く
上野　楽生（大阪）

難題が解けてピアノがポンと鳴る
上山　堅坊（大阪）

天も地も安穏たれと祈る初春
碓氷　祥昭（大阪）

ケアホーム歩ける人が頼もしい
内田　昭二（大阪）

シャンソンを聴いてお洒落に赤ワイン
江上　正保（大阪）

戦争の無い世を偶然に生きる
江見　見清（大阪）

好きですよだって私の顔だもの
太下　和子（大阪）

空襲の記憶を消したタワービル
太田　省三（大阪）

君が代を歌うと細胞ざわついて

大塚　熊野（大阪）

純愛の一断面に　とぶかもめ

岡田　俊介（大阪）

エレベーター満員ですとみんなの目

沖　かおり（大阪）

原発に消える地球の青い星

荻野　浩子（大阪）

やきもきをピタッと止めたディープキス

奥野健一郎（大阪）

人生はうれし悲しでつりあえる

笠田 桂子（大阪）

盆暗《ぼんくら》と出稼ぎ潰す大阪市

片桐 航酔（大阪）

お帰りとそっと写真をなぞる指

片山 純風（大阪）

女神像黙して自由とは何か

加山よしお（大阪）

次の世も母さん僕を生んでくれ

川端　一歩（大阪）

鎮座して主より威張る鏡餅

岸本たけし（大阪）

買ったのは色よい返事した西瓜

北出　北朗（大阪）

根気よく手編み楽しむ夜長だね
北野　朝子（大阪）

九条を削って造る泥の船
木山歌留多（大阪）

快適な暮らしで進む温暖化
楠本　晃朗（大阪）

兄ちゃんが盗んだ僕も手伝った
くんじろう（大阪）

働いて働いて一本の杖

坂本　星雨（大阪）

イカナゴが高過ぎるので釘を煮る

櫻田　秀夫（大阪）

この国が大好きですすと咲く桜

笹部　夏呼（大阪）

冬の景Z切りする虎落笛

澤井　敏治（大阪）

あれはピアス
これは
三日月
手を添えて

笹田かなえ

平成に生まれた「川柳文学コロキュウム」最高の一句

象がきて
象の
かたちに
夜がきて

寺田　靖

平成に生まれた『作家集団「新思潮」』最高の一句

たっぷりの水道水が飲める国

澤田　九二（大阪）

それとなく線が一本引いてある

嶋澤喜八郎（大阪）

絶望と希望の糸で模様編み

島田　明美（大阪）

好きだからわたしの明日を差し上げる

白井　笙子（大阪）

人が死ぬ傘のしずくを切るように

新海　信二（大阪）

武装解くように喪服の帯を解く

鈴木　益子（大阪）

たっぷりの夕陽で飾る裏表紙

鈴木　かこ（大阪）

別れた後のひとり駅そば

武智　三成（大阪）

山間を走る列車はまるで武者

立蔵 信子（大阪）

人はみな旅人白紙の地図持ちて

田中 螢柳（大阪）

飲んだ日のことは飲んだら思い出す

谷口 東風（大阪）

初雪がブルーシートの上で舞い

つつみあけみ（大阪）

世も病んで命が軽くなる愁い

出口セツ子（大阪）

振り向けば倖せだった抛物線

寺川 弘一（大阪）

新時代平成の風駆け抜ける

天満うさぎ（大阪）

終章は海馬あたりに赤い薔薇

徳山みつこ（大阪）

青い星にヒトの姿で乗っている
永井　玲子（大阪）

新元号悪い予感がしてならぬ
日野　愿（大阪）

一匹の美学　一途に月を追う
平井美智子（大阪）

脳細胞へって残高もうわずか
平野へいや（大阪）

当り前を当り前に出来る至福

藤島たかこ（大阪）

終章をガッツポーズで終わらせる

藤田由起子（大阪）

臨月のお腹をさする子の笑顔

降幡　弘美（大阪）

官邸が大本営と瓜二つ

前田　紀雄（大阪）

指先から広がる世界点字読む

松浦　英夫（大阪）

光りもの好きなおんなのおもちゃ箱

美馬りゅうこ（大阪）

整列は苦手野草のままでいる

宮井いずみ（大阪）

手にいれてしまうとダイヤきらめかず

宮﨑あずさ（大阪）

惜別の実家売却涙涸れ

宮崎　弘美（大阪）

雲ふわりいいなお前は風まかせ

村上　直樹（大阪）

雨あがりひと風呂浴びたような山

森　茂俊（大阪）

フロイトとわきあいあいの繭籠り

森井　克子（大阪）

酔うほどに
軽く
なる口
縄のれん

嶋 喜八郎

平成に生まれた「箕面凡凡川柳会」最高の一句

寝たきりの
ゆうこにも
毎月生理

神野きっこ

平成に生まれた「楽生会」最高の一句

魂が呼び合ったのでしょうきっと

森吉留里恵（大阪）

男にも女にもある古戦場

山岡冨美子（大阪）

政治理念コロリと変えて生き残り

山下　章子（大阪）

さて今日の命のほうび番茶飲む

吉村久仁雄（大阪）

断頭台の上を静かな風が吹く
安部　美葉（兵庫）

じんわりと喜寿のリセット方丈記
井上　登美（兵庫）

幾山河超えて現世の風が吹く
井上　高島（兵庫）

用があり行く所あり元気出る
今津　隆太（兵庫）

生きるとはかくも激しき格闘技

岩本　英樹（兵庫）

豊岡の愛が救ったコウノトリ

岩本　時江（兵庫）

にんげんになろう脱皮を繰り返し

延寿庵野靏（兵庫）

最後には我も亡父の子農に生き

大坪　明二（兵庫）

白秋を生きる残菊ゆめ捨てぬ
大濱　大義（兵庫）

退職の歳から激務新天皇
小田　慶喜（兵庫）

からし粘るこわい顔して辛さ増す
柏原　淳恵（兵庫）

尊敬をしますと言われ手が出せぬ
片山　忠（兵庫）

八十路来てこれから生きる自分流

川口 楽星（兵庫）

八百万神様だって得手不得手

北野 哲男（兵庫）

術後よし窓の景色も生きている

北村 尚子（兵庫）

夢無限育児ノートが熱くなる

黒嶋 海童（兵庫）

多過ぎる母のおもいで茄子の花

小西　勝葉（兵　庫）

ハスの花ドロあればこそ凛と咲く

齋賀加寿子（兵　庫）

立ち位置を少しずらして楽になる

酒井　裕明（兵　庫）

骸抱く言葉は宙に浮いたまま

佐々木寿美（兵　庫）

毎日の酒にその日の味がある
澁谷さくら（兵庫）

銀シャリの夢ジャングルを兵が往く
城戸　幸二（兵庫）

三角に折られた過去を持つ鳥だ
城水めぐみ（兵庫）

父さんを器以上に見せた母
田尻　節子（兵庫）

へし折れた心を笑う昼の月
田中千恵子（兵庫）

知るほどに距離がだんだん遠くなる
谷内　利昭（兵庫）

さよならの時効　やさしい雨になる
月野しずく（兵庫）

人を待つ冬の噴水凍るまで
辻岡真紀子（兵庫）

一年草約束のない春を待つ
冨永　恭子（兵庫）

夕映えに影の長さを確かめる
長島　敏子（兵庫）

明徳を追う修練や無知広げ
中田　守正（兵庫）

生きてるぞと友が送ってくるリンゴ
能勢　利子（兵庫）

刀こぼれを繕う匹夫風に立つ

羽﨑　万歩（兵庫）

生き延びて何を為したか年の暮れ

橋岡　進一（兵庫）

折鶴を開けば寒い僕の遺書

濱邉稲佐嶽（兵庫）

五線譜に雪が降る哀しみの和音

春名　誠（兵庫）

無職でも何故か嬉しい日曜日

福田　好文（兵庫）

安いのがいい母さんは哲学者

堀　正和（兵庫）

捥ぎたての言葉がじわり光り出す

前川　淳（兵庫）

悲をぼかす明日の私になるために

前川千津子（兵庫）

真っ白い
セーター
雪が
好きらしい

藤村タダシ

平成に生まれた「京都番傘川柳会」最高の一句

怠けたい
靴が
綺麗に
磨かれる

小井　和子

平成に生まれた「あすなろ川柳会」最高の一句

平成が私無視して走り去る

前川　摂和（兵庫）

こぼすまじこのぬくもりのひとしずく

みぎわはな（兵庫）

凍星の揺るぎなき座に我が身置く

水田　蓉子（兵庫）

早よ帰ろ家の灯りが待っている

三谷　智子（兵庫）

母の知恵気遣い一つ皿に盛る

宮垣　和典（兵　庫）

きらきらと愛を奏でる無限花序

村上　氷筆（兵　庫）

蓋のないそんな暮しに馴れている

村杉　正史（兵　庫）

寅さんの吹いた法螺には夢がある

矢野　野薫（兵　庫）

花びらに願ったひとひらの明日

矢沢　和女（兵庫）

真っ白な画布に無限の明日がある

渡辺　信也（兵庫）

水は水色　気位はまだ捨ててない

安土　理恵（奈良）

戦艦大和共に沈んだ叔父十九

阿部　紀子（奈良）

真っ当に応えてくれた土作り

池田みほ子（奈良）

人の世は二色で足りる鯨幕

板垣　孝志（奈良）

ボス猿がメスに変わって輪が和む

木嶋　盛隆（奈良）

物捨てて心を拾う終の章

栗原つや子（奈良）

毎日が古いわたくしとの別れ

厚井　弘志（奈　良）

楽団に細いタクトが生む命

小金澤貫一（奈　良）

歩く影腰のくびれがまだあった

児玉　章子（奈　良）

人生はドシラソファミレ〜ドで終わる

児玉　規雄（奈　良）

真っ白に洗う明日の退職日

小林　和之（奈　良）

生に触れ死に触れ命光らせる

笹倉　良一（奈　良）

届けたい想いを抱いているオブジェ

柴橋　菜摘（奈　良）

選んだのは私　地獄も極楽も

島岡美智子（奈　良）

平成の平和を掲げ生き抜かん

飛永ふりこ（奈良）

廃絶の核を信じてホタル舞う

菱木　誠（奈良）

腕まくらやっと素直になれました

南　芳枝（奈良）

しあわせですか澄んでいますすか今日の水

目黒　友遊（奈良）

その先は沈黙という強い武器

毛利　元子（奈　良）

野に春の言葉溢れて手をつなぐ

山崎夫美子（奈　良）

白が好きあなたの好きな白が好き

山田　恭正（奈　良）

良き昔もっと良かったその昔

山田　順啓（奈　良）

奈良暮色むらさき似合うしのび逢い

渡辺　富子（奈　良）

原発が平均台で揺れ動く

磯部　義雄（和歌山）

若者の帆船海を美装する

堂上　泰女（和歌山）

しあわせは比翼連理の共白髪

三宅　保州（和歌山）

急ぐまい
岐路で
ゆっくり
風をよむ

長谷川崇明

平成に生まれた「川柳塔なら」最高の一句

われは雁
月の
真上を
渡るなり

八木　千代

平成に生まれた「きゃらぼく川柳会」最高の一句

第1回大賞

いざという時のはなしもして夫婦

櫻田　宏（埼玉）

第2回大賞

人はみな自分色したパンを焼く

上野　楽生（大阪）

第3回大賞

うなずくと微かに首の音がする

馬場　涼子（福岡）

第4回大賞

太陽にもらった色で生きている

斎藤　雄司（山形）

第5回大賞

人さし指を臭ぐと心が寒くなる

高畑　俊正（愛媛）

第6回大賞

よこしまな心を笑う白いシャツ

やち　悦子（石川）

第7回大賞

ふいに手を繋ぎたくなる烏瓜

河村　啓子（京都）

第8回大賞

だいじょうぶ雨のち晴れははずれない

岡本　恵（茨城）

第9回大賞
蛇の子の罪なき儘に砕かれる
板垣 孝志（奈良）

第10回大賞
浜風や子守唄とも嗚咽とも
熊坂よし江（福島）

第11回大賞
人間になるのはとても難しい
竹内ゆみこ（京都）

第12回大賞
鬼にされいつも何かを探してる
米山明日歌（静岡）

第13回大賞
宿罪に見合うかたちで生きている
鏡渕 和代（神奈川）

第14回大賞
諦めたものが大きく見えてくる
牧野 芳光（鳥取）

第15回大賞
白衣着る天使ではなく人として
澁谷さくら（兵庫）

第16回大賞
母ふたりいるからいない僕の母
山田 恭正（奈良）

※各受賞作品より

蒟蒻に
化けて
誰とも
喧嘩せず

但見石花菜

平成に生まれた「大山滝句座」最高の一句

上の子は
足だけ
母に
ふれて寝る

丸山弓削平

平成に生まれた「弓削川柳社」最高の一句

平成に生まれた最高の一句

中国編

Heisei ni
umareta
Saikou no Ikku

Chugoku

おかしくてやがて悲しい物忘れ

伊藤　昭子（鳥　取）

便利です兇器携帯して暮らす

奥山　春雄（鳥　取）

恐る恐る食べるとあたる鯖の鮨

門村　幸子（鳥　取）

産めるなら産んで差し上げたいものだ

岸本　孝子（鳥　取）

妻や子が凭れてくれる壁になる

岸本　宏章（鳥　取）

がま口に小銭と愚痴が詰まってる

公納　幸子（鳥　取）

さくら咲く人が死のうが生きようが

倉益　一瑶（鳥　取）

えんま様天国ですか地獄ですか

後藤　宏之（鳥　取）

白鳥座来そうで夜の停留所

斉尾くにこ（鳥取）

歯が抜けた仲間ヒヒヒと笑い合う

新家完司（鳥取）

百人に百の挽歌があるだろう

妹能令位子（鳥取）

太陽が覗くと笑う人も樹も

田賀八千代（鳥取）

方円に随わぬ身の海を見る

高田　羅奈（鳥取）

真っ直ぐに歩きたいから酒が要る

竹村紀の治（鳥取）

蒟蒻に化けて誰とも喧嘩せず

但見石花菜（鳥取）

この星に百までお邪魔いたします

田中　天翔（鳥取）

ふたり暮らし寝過ぎの人と寝不足と

田中けいこ（鳥取）

天才にすれすれなんで困ります

成田　雨奇（鳥取）

たそがれて遥かなことになる全て

萩原みゆき（鳥取）

白線はまたぐな冬は引きずるな

平尾　正人（鳥取）

何事も妻に伺う縦社会
副井　裕（鳥取）

おくりびと引き受けてからジム通い
福永ひかり（鳥取）

感謝です午前様でも開くドア
本庄　汪（鳥取）

抱かれたらトロトロのマシュマロになる
前田　楓花（鳥取）

人生を語る鱗を剥ぐように

牧野　芳光（鳥取）

人間が殺風景を創りだす

武良　銀茶（鳥取）

ときめきが元気に生きるバロメータ

山下　凱柳（鳥取）

溝ばかり深く草食系でいる

相見　柳歩（島根）

北風にペットボトルと転がりぬ
熱田熊四郎（島根）

サンシャイン光よ踊れ新元号
河西　草庵（島根）

人生の最後の叫び十七文字
篠原紋次郎（島根）

フルムーンサイズ合わせの旅に出る
原　徳利（島根）

めらめらと透けたドレスでフラメンコ
山根　七七（島　根）

原出番組る思いは日本一
粟村　薫（岡　山）

たんぽぽの綿毛が探す安楽地
市田　鶴邨（岡　山）

やれやれと喪服の帯を解いている
岩崎　弘舟（岡　山）

危うさを秘めた真っ赤なバラが咲く

岩崎　幸子（岡　山）

決断に心の奥で散る火花

内田とみ子（岡　山）

ガリ版の重さそのまま青春期

大石　洋子（岡　山）

愛情が時どき酷いことを言う

小倉慶司郎（岡　山）

手の内を明かさない間に歳をとる
片岡　富子（岡　山）

肩パッド外して軽くジャンプする
古徳　春奈（岡　山）

生きてますほどほど毒を吐きながら
小林　茂子（岡　山）

金色で終わる稲作でのドラマ
清水　克俊（岡　山）

のほほんとひと日を終えた爪の伸び
杉山　静（岡山）

咲いていますあなたの植えた八重桜
髙岡　茂子（岡山）

虹の橋渡る杖です趣味一つ
田中　典子（岡山）

虫食いでいいのキャベツもにんげんも
丹下　凱夫（岡山）

横文字でただの加齢と書いてあり

永井　尚（岡山）

人生は一度演じるなら喜劇

野島　全（岡山）

いただいた光でもったいなく光る

長谷川紫光（岡山）

老いの愚痴若葉の風に消えてゆく

久本にい地（岡山）

曇天を割る一撃を溜めておく

藤井　智史（岡　山）

草原に大の字地球《ほし》の歌を聴く

藤澤　照代（岡　山）

遠ざかる佛送りの灯がぬくい

藤田　誠（岡　山）

水の輪に水は生まれて水の輪に

船越　洋行（岡　山）

嫌な世に長生きという罰ゲーム

丸橋　野蒜（岡　山）

五十億年先の地球を考える

丸山　威青（岡　山）

夢を抱き昭和泳いだバタフライ

光延　憲司（岡　山）

春風に背中押されて花遍路

光延　貞子（岡　山）

駄菓子屋に躾も売っていた昭和
宮本 信吉（岡 山）

ほうれい線平和のかたちワッハッハのハ
目賀 和子（岡 山）

痛み止め打って貌描くアルルカン
森 ふみか（岡 山）

母がいて部屋の隅々陽の恵み
八木 芙卯（岡 山）

砂に絵を描くいのちのある限り

山﨑三千代（岡山）

春を呼ぶ幸せの凧背なを押す

山本 久月（岡山）

欠点が色々あってまだ四角

浅田 華蓮（広島）

まだ飛べる人差し指で凧を読む

稲垣 洋子（広島）

寿命伸び卒寿過ぎればミステリー

稲垣　靖子（広島）

平成の水たっぷり飲んで羽繕い

小川　幸子（広島）

清濁を許し許され白い骨

掛江　一弘（広島）

麻痺の手を無理に動かし挟む豆

椛島　岩雄（広島）

にんげんが居るから窓に施錠する
鴨田　昭紀（広島）

脳活のサプリメントは五七五
岸本　清（広島）

百歳へ悟りの道はまだ半ば
吉川美佐子（広島）

年金と妻を頼りに生きている
小土井珠生（広島）

野良犬の誇り忖度せずに生き

小畑　宣之（広　島）

思い出をたたんで少し背伸びする

権藤　静江（広　島）

苦手などない百歳の仁王立ち

笹重　耕三（広　島）

一滴の愛を溶かして飲む真水

瀬戸れい子（広　島）

辛抱を重ねて咲かす夢の花

高津　幸雄（広島）

正論も曲がる夫の口達者

高橋美智子（広島）

滑落の途中屋台に引っかかる

田辺与志魚（広島）

学歴の代わりわたくし本を読む

中野　妙子（広島）

生きていく思う方へと足進め

西尾　悦子（広島）

災害の巣窟だけど日本好き

東　嘉美（広島）

かみ合わぬ会話も受けて笑う午後

兵庫久美子（広島）

出直しは出来る桜が咲いている

弘兼　秀子（広島）

5キロ増え体重計は鬼の顔

堀　靖子（広島）

確固たる姿勢で生きるわが人生

松尾みちよ（広島）

人間の匂いが好きで咲く桜

松本壽賀子（広島）

飽食に生きてあんパン懐かしむ

村田　幸夫（広島）

老いてなお赤い吐息のサユリスト

山浦　陸夫（広島）

仕事終え父はあの角曲がる頃

山本　健一（広島）

幸せのかたち丸いの四角いの

山本　恵子（広島）

生き残り生きる意味知る七十年

赤川　和子（山口）

声絞り連れて帰れとせがむ母
赤間　至（山口）

生きている身に冷え過ぎる肉売場
秋貞　敏子（山口）

くしゃくしゃのポイされた夜のしわしわ
有海　静枝（山口）

寄り添えばすくすく伸びる自立の芽
植野　悦子（山口）

入院がくれたほんわかメール便

榎本　禎子（山口）

思いやり心の留守をノックする

大場　孔晶（山口）

樽募金血潮に流れカープ愛

大森　秀夫（山口）

天変地異人試されて絆出来

岡村南美枝（山口）

激論を交わして残る傘の骨
樫部　昭榮（山口）

父母が代り番こに夕焼ける
貴船　翠風（山口）

縁日の飴が欲しくて水を汲む
草野　三歩（山口）

天の雨渇く私に降り注ぐ
坂本　加代（山口）

熟練の手だ人形の息づかい

佐々木佐和（山口）

昼の月あなたどうしてあなたなの

しずごころ（山口）

念入りに捻子巻く老いの脳回路

田中　孝子（山口）

思い切り生きよう風になるいのち

田辺　忠雄（山口）

宇宙からまるまる見える秋の街

佃　石周（山口）

恋じゃないかも知れないが演じ切る

富田　房成（山口）

一本の松は希望の塔になる

中村　雀鳴（山口）

スマートフォン街の孤独を釣り上げる

原　正吾（山口）

険しさをのりこえ昇る一つ上

廣中　泰山（山　口）

激減のツバメに欠ける人の情

藤中　燕柳（山　口）

玉音放送聞く涙みた我れ五歳

宮本　仙舟（山　口）

平成に卒寿留めて翔次世

村中みつる（山　口）

筆談のノートに残るありがとう
室　紅雲（山口）

残り時間如何に楽しく生きようか
縦野きよこ（山口）

志を語り継ぎゆく萩の町
守永　忠世（山口）

此処かそこかと湿布貼り合う老夫婦
山中久美子（山口）

本当の友はいるかと妻が聞く

山本　一（山口）

父の背に老いが色濃く影をさし

好川　和枝（山口）

子等朗唱
校舎に
響く
秋の朝

岡村南美枝

平成に生まれた「萩川柳会」最高の一句

笑み一つ
これぞ
まことの
化粧です

真鍋　信頼

平成に生まれた「シルバー川柳サークル」最高の一句

平成に生まれた最高の一句

四国編

Heisei ni
umareta
Saikou no Ikku

Shikoku

月天心寝返り打って孤を孕む
黒田るみ子（徳島）

生はまぼろし破調の街に酔うてみる
土橋 旗一（徳島）

出産の神秘カメラも息を呑む
福本 清美（徳島）

気が付けばあなたが傘になっていた
川﨑 清子（香川）

力の字何にでも付くバカ力

讃讃亭八尋（香川）

息子からラインスタンプいま元気

真鍋　靖子（香川）

継がぬ子にやんわり見せるプロの技

みよしすみこ（香川）

みな仲間みんな他人の冬木立

安田　翔光（香川）

スイカにも煩悩の種百八つ

青　空（愛媛）

くつしたはぼくの毎日知っている

家安　琢真（愛媛）

ガラス割る自分の心まき散らす

家安　音葉（愛媛）

ワインの手借りて本音の戸を開く

家安　英子（愛媛）

追憶の雨に酔ってもいいですか

石井ひろみ（愛媛）

高齢化看板娘今おしめ

海　爺（愛媛）

ひたすらに水平線の碧を追う

大北よしき（愛媛）

地の塩に生きて美田を残さない

越智　学哲（愛媛）

気楽でしょう独りを知らぬ人が言う
柏原　秀一（愛媛）

願うなら飛び立つ空がきっとある
川上ますみ（愛媛）

生と死の狭間人間手懐ける
川又　暁子（愛媛）

花冷えの坂喪の人と歩を合わす
黒松　郁子（愛媛）

桐箱に平成おさめ見る未来

桑原ヨリ子（愛媛）

疑いが晴れたらここに樹を植える

斉藤美恵子（愛媛）

AIの進化神にも悪魔にも

白川　英男（愛媛）

増税の投網浅瀬を狙い打ち

高須賀昌平（愛媛）

風の道を刻む芒野は父だ

高畑　俊正（愛媛）

言い訳は嫌よわたしは雲の糸

田中　貞美（愛媛）

男と女もしももしもの交差点

土居　新山（愛媛）

奔放に生きて一朶の雲になる

永井　松柏（愛媛）

ペディキュアの赤とひとりの無洗米
浜本　光子（愛　媛）

放っておいて人間少し休むから
藤田　訓子（愛　媛）

敗戦を終戦とは筋違い
真鍋　知巳（愛　媛）

もういいかい私は魔女になりました
村田富美子（愛　媛）

新米がガッツポーズで炊き上がる
薬師神ひろみ（愛　媛）

お遍路をドローンにする歩道橋
安野かか志（愛　媛）

喫緊をどう乗り越えてゆくダリア
竹内　恵子（高　知）

人間のニオイが汚染されていく
土居志保子（高　知）

一本の
道を
人が
歩いている

田辺　進水

平成に生まれた「川柳まつやま吟社」最高の一句

四季の花
香り
垣根の
低い家

真島　清弘

平成に生まれた「佐賀番傘川柳会」最高の一句

蒼空に
鏑矢放つ
巣立ちの日

黒川　孤遊

平成に生まれた「熊本番傘お茶の間川柳会」最高の一句

受けた恩
拾えば
両の掌を
こぼれ

上野　豊楽

平成に生まれた「鹿児島県川柳同好会」最高の一句

平成に生まれた最高の一句

九州沖縄編

Heisei ni
umareta
Saikou no Ikku

Kyushu
Okinawa

沈黙は愛かも知れぬ冬薔薇

赤松　重信（福岡）

野火はしる愛のうねりを見るように

井上　遊（福岡）

にこやかに退位も決まり両陛下

木村　文福（福岡）

何とでもなるさ明日の米はある

楠根はるえ（福岡）

靡くのは浮世の知恵で主義じゃない

五味　烏賊（福岡）

消灯へ母娘の会話まだ続く

城後　朱美（福岡）

さびしくはないとさびしい顔で言う

谷まさあき（福岡）

太陽と月を背負いて笑う母

多　磨　子（福岡）

人生は別れぞパピーウォーカー

堤 日出緒（福岡）

走る子が故郷に親を置き忘れ

砥上 克介（福岡）

腹八分あとは駄菓子のつまみ食い

名倉 政義（福岡）

ノーモア広島語り続ける未来まで

林 身江子（福岡）

農耕の血を細々とプランター

古野つとむ（福岡）

コスモスの真ん中母といる宇宙

前田 伸江（福岡）

僅かでも蝶は新たな風起こす

もりともみち（福岡）

七転びしたけど今日の友の数

森園かな女（福岡）

だんだんと余白の価値に気づき出す

岩永憲一良（佐賀）

一人っ子団らん習うおままごと

江里口　勉（佐賀）

菜園も衣替えです土起こす

大塚　則子（佐賀）

姿見が微笑んでいる若づくり

片山サヱ子（佐賀）

ゲゲゲよりましかと思う我がサイフ

門井　孝（佐賀）

定年日少ない髪に櫛を入れ

小池　喜治（佐賀）

木鶏を夢みる八十路ふき掃除

古賀　渡（佐賀）

一軒家天然ものの月が出る

小松　多聞（佐賀）

落ちてなお容姿崩さぬ寒椿

小柳　湛子（佐賀）

育てるっていいね希望が湧いてくる

佐藤久仁子（佐賀）

風ふわり母さん会いに来てくれた

角田　幸美（佐賀）

尾鰭付け有らぬ噂が泳いでる

田口　芳昭（佐賀）

一本の鉛筆あれば平和問う

中島　俊子（佐賀）

空腹に耐えた世代は残さない

西村　正紘（佐賀）

駅弁の笑顔が走る老夫婦

東島喜美子（佐賀）

介護5は通信簿かと母が聴く

平川富美子（佐賀）

父さんの言葉が海を向いている

真島久美子（佐　賀）

本当の鬼は人間だと思う

真島　涼（佐　賀）

ちょっとだけ大人になってレモンの香

真島　芽（佐　賀）

逢えそうな予感へ風のまわり道

真島美智子（佐　賀）

福の神わが家素通りどこ行った

松尾　孝（佐　賀）

喧嘩して遊んで子らは知恵をつけ

松尾　康子（佐　賀）

星くずを寝ころんで見る夫婦仲

宮原　信子（佐　賀）

喉越しの水が野心を目覚めさせ

山口　亮栄（佐　賀）

夜更かしで家族を繋ぐ縄を綯う

横尾　信雄（佐賀）

なつかしむ行幸啓のお言葉を

吉原喜美子（佐賀）

一番の味方の妻に云えぬこと

池田　道明（長崎）

無門関茶を点てている四帖半

志方　智外（長崎）

死が分かつまでを枯淡の愛刻む

永石　珠子（長　崎）

やさしさを土偶の乳房からもらう

平井　翔子（長　崎）

向い風追い風ともに恩がある

平井　義雄（長　崎）

心綾なす川柳道は無限大

松本　宏子（長　崎）

青い地球を核の荒野にしてならぬ

矢坂　花澄（長崎）

背伸びしてみる平成の先の夢

井芹陶次郎（熊本）

やあ九月雨に洗われ心旅

奥村田子作（熊本）

幸せを書く日のペンは瑠璃色で

黒川　福（熊本）

地球儀を回す戦の音がする

古閑　萬風（熊　本）

テロ地震津波原発まだ未済

津下　良（熊　本）

憧れる像へブラッシュアップする

徳丸　浩二（熊　本）

沈黙も主張のひとつ庭の石

原　萬理（熊　本）

お手植えの根っこに埋めてある昭和
平田 朝子（熊本）

本当の顔はひとりの時の顔
村上 和巳（熊本）

蛇口ポタリ生きている今朝の音
村上 哲子（熊本）

何をしていてもあなたの鈴が鳴る
安永 理石（熊本）

復興へ拍車を掛ける初日の出

山長　岳人（熊　本）

閉じるには惜しい今宵の夢芝居

小代千代子（大　分）

人が住む星でなくなるかも知れぬ

坂本　一光（大　分）

逝く人も残る私もひとり旅

佐々木憲道（大　分）

茜雲明日も平和か問うてみる

首藤　弘明（大分）

フクシマの香りを消した糸電話

高木　治良（大分）

病み上がり夕日拝んで四股を踏む

高木　遊楽（大分）

愛された胎内記憶から翼

さわだまゆみ（宮崎）

延命無用母のひまわりあたたかい
主税みずほ（宮崎）

雑草の中でタンポポ自惚れる
間瀬田紋章（宮崎）

子はやがて遠い景色になってゆく
麻井文博（鹿児島）

たおやかに平成譲る菊の紋
伊佐ろう梅（鹿児島）

ありのまま生きて迎える新世代

泉　清純（鹿児島）

少年の夢が膨らむ始発駅

入来院彦柳（鹿児島）

逢いたくて借りたまんまの太い傘

上原しず香（鹿児島）

母の呉汁喉のあたりが覚えてる

川北まり子（鹿児島）

ふる里はいいな五感を食べられる

前田　一天（鹿児島）

唐芋の出世頭に森伊蔵

松本　清展（鹿児島）

菜の花を
基地
いっぱいに
咲かせたい

たむらとしのぶ

平成に生まれた「那覇川柳の会」最高の一句

平成に生まれた最高の一句

海外編

Heisei ni
umareta
Saikou no Ikku

Kaigai

羊より川柳作って効果ある

アリーマン・イスタダ（台湾）

ピクニック父の水筒酒香る

王 明星（台湾）

幼気な童女を泣かせた蓮歩かな

高 薫（台湾）

この神社コイン断りお札のみ

黄 培根（台湾）

英雄になる夢よりも君の傍

小島依草（台湾）

昔指示今はされます娘らに

五味美智子（台湾）

台湾は除夜の花火で年が明け

迫田勝敏（台湾）

同窓会昔紅顔今厚顔

施信生（台湾）

着陸や南無阿弥陀佛数十回

陳　瑞卿（台湾）

円い地球勝手に決めた東西

陳　清波（台湾）

白色の恐怖をくぐった老柳友

津田勤子（台湾）

老後にと貯金する母米寿越え

徳美栄子（台湾）

四十度台北盆地メガサウナ

杜　青春（台　湾）

飛んで来た異国台湾今我が家

萩　れい（台　湾）

日式は和食ぢゃなくて台灣菜

花城可裕（台　湾）

総統府裏に廻れば西門町

山本幸男（台　湾）

出先では角隠してる虎豹母

吉岡桃太郎（台湾）

算盤をたんと学んだ昭和の児

頼とみ子（台湾）

詮索はしないで置こうおぼろ月

李　錦上（台湾）

苦労した蓄財が子等の不和の種

廖　運藩（台湾）

アメリカも住めば都の今となり

石口　玲（アメリカ）

あとがきにかえて

平成が終わりに近づく昨年秋から今年はじめにかけて、川柳総合雑誌「川柳マガジン」にて「平成の三〇年間に詠んだベスト一句を持ち寄り、川柳集という名の記念アルバムを創りましょう」と呼びかけをしたところ、千名以上の皆様にご参加を頂けることになりました。

さらに全国の川柳結社版の「平成に詠まれた最高の一句」が加わったことで、個人と結社という双方からのアプローチが実現し、企画自体に広がりと奥行きを得ることが出来ました。

奇しくも改元前年の平成三〇年は、「川柳」の文芸名のもととなる初代柄井川柳生誕三〇〇年の節目でした。偉大な川柳の先人の功績に思いを致し、令和を迎えたまたとない好機に「平成の川柳作品集」としてこれ以上無い一書を世に発信出来たことを誇りに思い、本企画にご賛同たまわりました収録作家および川柳結社に厚くお礼を申し上げる次第です。

川柳は「時代を詠む」文芸とも、「人間を詠む」文芸とも呼ばれていま
す。科学技術の進歩により、平成の三〇年間において私たちの暮らしや
社会は劇的に変化しました。未曾有の大災害にも遭遇しました。昭和に
は無かったルールや価値観、新しい言葉が生まれ、時代に敏感な川柳作
家によってその都度、句に反映されてきました。と同時に私たちは、句
に詠まれる対象が時代とともに変わっても、人間の本質そのものは昔か
ら変わっていないことを川柳を通して学び続けているのです。

小誌はこれからもさらなる川柳の発展を心から願い、川柳の可能性を
模索しつつ、川柳総合誌としての使命を果たしていく所存です。

本書が輝かしい平成川柳史の一端を担う存在として、永く読み継がれ
ていくことを心より願っております。

令和元年五月吉日

川柳マガジン発行人
松岡　恭子

平成に生まれた最高の一句

○

令和元年5月30日　初版発行

編　者

川柳マガジン編集部

発行人

松　岡　恭　子

発行所

新　葉　館　出　版

大阪市東成区玉津1丁目9-16 4F 〒537-0023

TEL06-4259-3777 FAX06-4259-3888

http://shinyokan.jp/

印刷所

第一印刷企画

○

定価はカバーに表示してあります。

ISBN978-4-86044-999-5